獻給尼古拉、奧斯瓦多、蒼沙克

感謝諾拉

托馬‧巴斯

© 奧斯瓦多的起飛

文　　圖	托馬‧巴斯
譯　　者	陳素麗
責任編輯	楊雲琦
美術設計	黃顯喬
版權經理	黃瓊蕙
發 行 人	劉振強
發 行 所	三民書局股份有限公司
	地址　臺北市復興北路386號
	電話　(02)25006600
	郵撥帳號　0009998-5
門 市 部	(復北店)臺北市復興北路386號
	(重南店)臺北市重慶南路一段61號
出版日期	初版一刷　2018年10月
編　　號	S 858671

行政院新聞局登記證局版臺業字第○二○○號

有著作權‧不准侵害

ISBN　978-957-14-6486-2　(精裝)

http://www.sanmin.com.tw　三民網路書店

※本書如有缺頁、破損或裝訂錯誤，請寄回本公司更換。

奧斯瓦多的起飛

托馬・巴斯／文圖　　陳素麗／譯

三民書局

奧斯瓦多

是一位個子不高，非常平凡的先生。
他從來沒有遇過任何特別的事情。
沒有不可思議的英勇冒險，也沒有美好的旅行，
更別提偉大的愛情了。

老實說，奧斯瓦多從來沒有離開過他住的社區。
他住在一棟豪華大樓裡，一個超級迷你的小房間。
他唯一的朋友是一隻小鳥，他給牠取了一個名字，叫啾啾。

每天早上，啾啾嘰嘰喳喳的叫奧斯瓦多起床。
他心情愉快的出門上班。
晚上的時候，啾啾開心的跳來跳去，迎接他回來。

他們每天的日子就是這樣，一成不變。

但有一天早上，啾啾突然不叫了。
晚上他回家時，啾啾也不再高興的跳來跳去迎接他。
第二天，也是如此。
啾啾不再唱歌了。

奧斯瓦多心想：「牠可能是想念天空。」
他把小籠子放到窗邊，
但小鳥還是安靜無聲。

奧斯瓦多心想：「牠可能覺得籠子裡空間
太小了。」
他去買了一個比較大的籠子，
但情況還是沒有好轉。

啾啾似乎非常不快樂，奧斯瓦多不知道該怎麼辦。

隔天晚上，奧斯瓦多經過一家很奇怪的店，
他之前從來沒注意過這裡。
店裡面堆滿了各式各樣，看起來有點詭異的東西，它們來自遙遠的國度，
奧斯瓦多甚至聽都沒聽過這些國家的名字。
在這些五花八門的雜貨中，他注意到有一盆小植物。
「小心！它非常特別。」女店員告訴他。
這盆小植物來自叢林的最深處。
它具有神奇的力量，可以讓擁有它的人幸福快樂。

奧斯瓦多找到這個寶物，實在太開心了。
他趕緊回家。
啾啾終於可以再重新高歌了！

奧斯瓦多把小植物放在鳥籠旁，
仔細觀察小鳥的反應，
但什麼都沒發生。
完全沒有啾啾叫，連一聲啾都沒聽到。
什麼聲音都沒有！
女店員騙了他。
這盆超級神奇的植物，其實就跟一般的豆子沒兩樣。

一如往常，晚上的時候，
奧斯瓦多跟他的朋友道晚安。
但啾啾完全沒有回應。
牠有可能再次重新歌唱嗎？

隔天，
街上傳來吵雜的喧鬧聲。
當奧斯瓦多醒來時，
他尖叫了一聲……
那一盆小植物長得非常非常茂密，
整個房間都被叢林占據了。

鳥籠被打翻，
啾啾飛走了。

奧斯瓦多像風一樣衝下樓去。
他跨過各種植物及藤蔓。
他對每層樓大聲喊：
「啾啾！啾啾！你們看到啾啾了嗎？」

路上一片混亂。
叢林布滿整座城市。
大家尖叫連連，東奔西跑。

奧斯瓦多絕望的尋找著他的朋友，
他找遍每個角落，
把每片葉子都掀起來找。

漸漸的，他離城市越來越遠，
走入叢林深處。

奧斯瓦多
從來沒有
離家這麼遠過。
植物長得非常茂密，叢林喧囂吵雜，
他對這一切都感到好陌生：
各種不熟悉的
鳥叫聲、
凶猛野獸的吼叫聲，
環繞著他。
「啾啾！
啾啾！」
奧斯瓦多一路叫著朋友的名字。
想到牠迷失在這種地方，他就感到無比擔心。

奧斯瓦多艱難的在叢林中前進著。

他跟一隻大貓咪面對面，碰個正著。

其實，那是一隻獵豹，但他以前從來沒看過獵豹。

他小聲的問牠：「您……您是否曾看到一隻小鳥飛過？」

這隻巨大的動物用低沉的聲音回答說：
「如果我看到牠，我早就把牠吃了。

在這邊，小鳥多得不得了，親愛的先生，請睜大您的雙眼。」

奧斯瓦多聽完牠的建議，繼續往前走。

想到他的朋友有可能變成這隻大公貓的點心，心裡就不太安心。

奧斯瓦多在遠處一棵大樹下遇到一位印地安人。

他很客氣的問他：

「對不起，請問您是否曾看過一隻啾啾叫的小鳥？」

印地安人用充滿智慧的語氣回答他：

「如果我聽到牠的叫聲，我一定會認出來。

在這邊，小鳥多得不得了，

親愛的先生，請打開您的耳朵。」

奧斯瓦多謝謝他，又繼續上路。

時間越來越晚了，奧斯瓦多卻毫無進展。
雖然他把眼睛睜得斗大，耳朵拉得特長，
啾啾還是連個影子都找不到。
「牠一定覺得好孤單！」奧斯瓦多擔心著。

現在，天整個都黑了。
奧斯瓦多停了下來。
他很驚訝自己居然成功的用兩根木頭生起火。

他在火堆旁取暖，心裡想著啾啾。
牠到底跑哪兒去了？
在掛滿蛇的大樹枝頭上？
還是在大野獸的肚子裡呢？

一整天下來，奧斯瓦多感到非常疲累，
在叢林中的各種聲音陪伴下，他沉沉入睡。

隔天，他在轟隆隆的瀑布下沖涼時，
聽到一個非常細微的鳥叫聲，
聽來像是一首非常愉快的旋律，
好像是從樹的頂端傳來的。
奧斯瓦多仔細聆聽，
其他聲音似乎突然都停了下來，
他認出這是啾啾的叫聲。
他看到牠小小的身影，
在大樹的頂端。

奧斯瓦多爬上大樹，
在最高點，
樹梢碰到天空的地方，
他看到啾啾驕傲的站在最上面的枝頭。
「我終於找到你了。我好擔心你迷失在這陌生的叢林中。
我們一起回家吧，我的朋友！」

小鳥想了一會兒，然後嘰嘰喳喳的說：
「我親愛的奧斯瓦多，你之前希望我能重新開始唱歌，
你辦到了。你送我的那盆小植物，讓我有機會重新起飛。
你永遠都會是我的朋友，
但我想留在這裡，因為待在這裡讓我覺得非常幸福快樂。」

奧斯瓦多一開始覺得有些傷心，
但他完全能體會小鳥的心願。
他一直以來的希望，就是他的朋友能夠幸福快樂。
奧斯瓦多跟啾啾兩隻手、兩隻翅膀，緊緊的抱在一起。
他們互相說好，要經常來探望對方。

奧斯瓦多這下放心了，他上路準備回家。
從來沒有離開過家附近的他，
剛剛完成了一趟不可思議的旅行。
他這兩天聽到跟看到的事情，遠比他過去經歷的還多！

城市裡，叢林已經退去了。

奧斯瓦多回到家。

當他打開家門時，他看到那盆小植物還在原來的地方。

他開始打掃那散落一地的藤蔓與葉子。

啾啾現在過著幸福的日子，但奧斯瓦多卻變成孤孤單單的一個人。

他第一次覺得他的小房間有點太安靜了。

他想念叢林裡熱鬧的聲音。

他沉浸在自己的思緒中，
突然外面傳來敲門聲，奧斯瓦多整個人跳了起來。
這是第一次有人來拜訪他！
他的鄰居克蘿拉站在門口。
奧斯瓦多以前從來沒有注意過這位鄰居。
他們從來沒有說過話。
「親愛的奧斯瓦多，你終於回來了！我好擔心你喔！
一開始，大樓裡長滿了植物，
然後我聽到你在呼喚你的小鳥，
接著，你就消失了！
我還以為再也見不到你了……我覺得好傷心呢。」

奧斯瓦多很驚訝，居然有人為他擔心。
他把這次歷險的經過告訴克蘿拉，她聽了覺得好不可思議。

「這一切都要感謝這盆小植物。」奧斯瓦多最後說道。
「這盆小植物讓我的朋友能重新起飛⋯⋯請讓我將它送給妳。」

克蘿拉手裡捧著盆栽，心中非常感動。
奧斯瓦多微笑著。
從現在開始，他也將展開他的幸福人生。